COLLECTION FOLIO

Ernest Hemingway

Histoire naturelle des morts

et autres nouvelles

Traduit de l'américain
par Henri Robillot

Gallimard

Ces nouvelles sont extraites du recueil *Paradis perdu*, suivi de *La cinquième colonne* (Folio n° 175).

Ernest Hemingway est né le 21 juillet 1899 dans l'Illinois. Son père est un médecin réputé pour sa bonté, grand chasseur et amateur de pêche, sa mère est une femme de caractère. Très jeune, il commence à écrire et, dès l'âge de dix-huit ans, il est nommé rédacteur au *Kansas City Star* où il apprend la concision et l'objectivité. Il s'engage en 1918 comme ambulancier à la Croix-Rouge et découvre l'Europe en guerre. Gravement blessé, il est hospitalisé à Milan où il tombe amoureux d'Agnes von Kurowsky, une infirmière américaine qu'il veut épouser. Mais elle lui préfère un officier italien, et Hemingway, désenchanté, rentre aux États-Unis avec le manuscrit de *L'adieu aux armes,* magnifique roman d'amour et de guerre, directement inspiré des drames qu'il vient de vivre. Devenu journaliste à Toronto, il épouse en 1921 Hadley Richardson et part à Paris comme correspondant de presse. Dans la capitale française des Années folles, le jeune couple fréquente Ezra Pound, Francis Scott Fitzgerald, Gertrude Stein... Il met en scène Montparnasse et l'Espagne de l'après-guerre dans *Le soleil se lève aussi* en 1926 et *Paris est une fête,* qui ne paraîtra qu'après sa mort. Il divorce en 1927 pour épouser Pauline Pfeiffer. De retour aux États-Unis, il s'installe à Key West, petit village du sud de la Floride, où il s'adonne à la pêche au gros, expérience dont il tirera *Le vieil homme et la mer.*

Après l'annonce du suicide de son père, il emmène sa jeune femme en Afrique d'où il revient avec deux textes magnifiques, *Les vertes collines d'Afrique* et *Les neiges du Kilimandjaro.* La guerre d'Espagne le ramène en Europe comme correspondant de guerre. L'Espagne sera le théâtre d'un autre roman, *Pour qui sonne le glas,* qui associe intrigue amoureuse et sacrifice héroïque. Il rencontre une journaliste, Martha Gellhorn, qu'il épouse en 1940, mais ce mariage ne dure que quelques années. Pendant la Seconde Guerre mondiale, il « patrouille » dans les eaux cubaines à la recherche de sous-marins, puis couvre le combat de l'Angleterre contre les nazis et la libération de la France comme correspondant de presse. En 1946, il épouse Mary Welsh. De retour à Cuba, il publie *Le vieil homme et la mer* pour lequel il reçoit le prix Pulitzer en 1953. L'année suivante, c'est le prix Nobel qui lui est décerné. Miné par l'alcool et la fuite de l'inspiration, Ernest Hemingway se suicide en 1961.

Auteur de six romans et d'une cinquantaine de nouvelles, Ernest Hemingway a laissé une légende, qu'il a édifiée lui-même : celle de l'homme d'action, de l'aventurier bon buveur, dédaigneux de la littérature et des effets de style.

Découvrez, lisez ou relisez les livres d'Ernest Hemingway :

L'ADIEU AUX ARMES (Folio n° 27)

AU-DELÀ DU FLEUVE ET SOUS LES ARBRES (Folio n° 589)

LE CHAUD ET LE FROID (Folio n° 2963)

L'ÉTRANGE CONTRÉE (*extrait de* Le chaud et le froid, Folio 2 € n° 3790)

CINQUANTE MILLE DOLLARS et AUTRES NOUVELLES (Folio n° 208 et Folio Bilingue n° 110)

EN AVOIR... OU PAS (Folio n° 266)

EN LIGNE (Folio n° 2709)

L'ÉTÉ DANGEREUX (Folio n° 2387)

LA VÉRITÉ À LA LUMIÈRE DE L'AUBE (Folio n° 3583)

ÎLES À LA DÉRIVE (Folio n°s 974 et 975)

MORT DANS L'APRÈS-MIDI (Folio n° 251)

LES NEIGES DU KILIMANDJARO (Folio n° 151 et Folio Bilingue n° 100)

PARADIS PERDU (Folio n° 175)

PARIS EST UNE FÊTE (Folio n° 465)

POUR QUI SONNE LE GLAS (Folio n° 455)

LE SOLEIL SE LÈVE AUSSI (Folio n° 221)

LES VERTES COLLINES D'AFRIQUE (Folio n° 352)

LE VIEIL HOMME ET LA MER (Folio n° 7, Folio Plus n° 11 et Folio Bilingue n° 103)

Pour en savoir plus sur Ernest Hemingway et son œuvre :

Gérard de Cortanze	*Hemingway à Cuba* (Folio n° 3663)
Joe Haldeman	*Le vieil homme et son double* (Folio S-F n° 100)
Geneviève Hily-Mane commente	*Le vieil homme et la mer* (Foliothèque n° 7)

HISTOIRE NATURELLE DES MORTS

Il m'a toujours semblé que la guerre avait été négligée en tant que champ d'observations pour le naturaliste. Nous possédons de charmantes et solides relations sur la flore et la faune de Patagonie, du regretté W. H. Hudson ; le Révérend Gilbert White a écrit des pages fort attachantes sur le Hoopoe, à l'occasion de ses quelques visites fortuites et jamais banales à Selborne ; l'évêque Stanley nous a donné une « Histoire familière des oiseaux », estimable bien que populaire.

Ne peut-on pas espérer réunir pour le lecteur quelques notations rationnelles et intéressantes sur les morts ? J'incline à le penser.

Quand Mungo Park, cet infatigable voyageur, se trouva un jour, au cours d'une expédition, près de défaillir dans l'immensité sauvage d'un désert africain, nu et seul alors qu'il considérait ses jours comme comptés, sans autre alternative, lui semblait-il, que de se coucher et de mourir, une petite mousse fleurie d'une extraordinaire beauté, attira son regard.

« La plante tout entière, écrit-il, n'excédait pas la taille d'un doigt et pourtant je ne pouvais contempler la structure délicate de ses racines sans émerveillement. Celui qui planta, nourrit et porta à un tel degré de perfection dans cette région ignorée du monde une parcelle de matière aussi insignifiante, peut-il rester indifférent à la situation et à l'affliction des êtres créés à son image ? »

« De telles réflexions m'interdisaient le désespoir. Je me relevai donc, et, indifférent à la faim et à la fatigue, je poursuivis ma route, assuré de trouver du secours ; mon espoir ne fut pas déçu. »

Avec un penchant identique à l'émerveillement et à l'adoration, comme dit l'évêque Stanley, toute branche de l'histoire naturelle peut-elle être étudiée sans que s'augmente cette foi nécessaire à chacun d'entre nous dans son voyage à travers le désert de l'existence ? Voyons donc quelles pensées exaltantes peuvent nous inspirer les morts.

À la guerre, les morts sont généralement

des spécimens du genre masculin, quoique ceci cesse d'être valable pour les animaux ; j'ai souvent vu des juments mortes parmi les chevaux. Autre aspect intéressant de la guerre : elle constitue l'unique occasion pour le naturaliste d'observer la mort des mules. En vingt ans de vie civile, je n'avais jamais vu de mule morte et j'avais commencé à douter que ces animaux fussent mortels. Il m'était arrivé parfois de me croire en présence de mules mortes, mais de plus près, ces animaux s'avéraient bien vivants et ne devaient leur aspect de cadavre qu'à leur état de repos absolu. Mais à la guerre, ces animaux succombent exactement comme les plus communs et les moins robustes des chevaux.

La plupart des mules que j'ai vues mortes gisaient sur des routes de montagne ou au pied de pentes escarpées où on les avait précipitées pour dégager la route. Elles formaient un tableau assez adéquat dans ce cadre de montagnes où l'on était habitué à leur présence et y semblaient moins incongrues que plus tard à Smyrne, où les Grecs, après avoir brisé les pattes de toutes leurs bêtes de somme, les poussaient du quai dans l'eau peu profonde pour les noyer. Cette masse de chevaux et de mules aux pattes cassées, en train de se noyer, appelait le pinceau d'un Goya. Bien qu'à vrai dire, on puisse difficilement prétendre qu'elles appelaient le pinceau de Goya, car il n'y a qu'un seul Goya, mort depuis longtemps par surcroît et il est fort douteux que ces bêtes, si elles avaient pu parler, eussent réclamé une représentation picturale de leur agonie au lieu d'appeler quelqu'un qui pût adoucir leur sort.

En ce qui concerne le sexe des morts, il est certain qu'on s'habitue tellement à voir des cadavres d'hommes que la vue d'une femme morte est tout à fait choquante. J'ai constaté pour la première fois cette interversion du sexe habituel des morts après l'explosion d'une fabrique de munitions dans la campagne, aux environs de Milan. Nous nous étions rendus sur les lieux du sinistre en camion, le long des routes plantées de peupliers et bordées de fossés grouillant d'une vie animale éphémère, que les nuages de poussière soulevés par le camion m'empêchaient de bien observer.

Arrivés à ce qui avait été la fabrique, on envoya une partie des hommes patrouiller les énormes stocks de munitions qui, pour une raison ou une autre, n'avaient pas explosé tandis que le reste avait pour tâche d'éteindre le feu qui avait pris dans une prairie voisine ; ceci fait, on nous ordonna de fouiller le voisinage immédiat et les champs environnants à la recherche des cadavres. Nous en trouvâmes et transportâmes un bon nombre dans une morgue improvisée, et je dois bien admettre que ce fut un choc de constater que la plupart des morts étaient des femmes. À cette époque-là, les femmes ne portaient pas encore les cheveux courts, comme ce fut la mode plus tard, en Europe et en Amérique pendant plusieurs années, et l'impression la plus gênante — sans doute parce que c'était un cas exceptionnel — était la présence et, peut-être plus troublante encore, l'*absence* de ces longs cheveux. Je me rappelle qu'après avoir ramassé tous les cadavres entiers, nous commençâmes à recueillir les morceaux épars. Nous en détachâmes beaucoup de l'épais grillage de barbelés qui avait entouré l'usine, et sur les restes duquel nous ramassions des lambeaux de chair qui n'illustraient que trop bien la terrifiante énergie des explosifs à grande puissance. Certains fragments, emportés par leur propre poids, furent retrouvés dans des champs à une distance considérable. En rentrant à Milan, je me rappelle avoir discuté de l'événement avec deux ou trois camarades. Finalement, nous en vînmes à conclure que son irréalité et le fait qu'il n'y avait pas de blessés avaient contribué à masquer singulièrement le caractère horrible de cette catastrophe. En outre, l'événement venait de se produire, et le transport des morts en était d'autant moins pénible et ne rappelait guère notre expérience habituelle des champs de bataille.

Malgré la poussière, le retour à travers la belle campagne lombarde était une compensation à cette épouvantable corvée et, tout en échangeant nos impressions, nous nous félicitions de ce que le feu, qui s'était déclaré juste avant notre arrivée, eût été maîtrisé avant d'avoir atteint les énormes stocks de munitions intacts. Nous pensions tous que le ramassage des fragments de cadavres avait été une expérience extraordinaire ; il est stupéfiant de voir le corps humain se déchiqueter, sans tenir compte des divisions anatomiques, mais en morceaux aussi imprévisibles que les éclats d'un obus de rupture.

Pour assurer plus de précision à ses observations, le naturaliste peut limiter celles-ci à une période donnée ; je commencerai donc par celle qui suivit l'offensive autrichienne de juin 1918, en Italie, où le nombre des morts atteignit un maximum. Il y avait eu un repli forcé suivi d'une contre-offensive destinée à regagner le terrain perdu, si bien qu'après la bataille les positions s'étaient retrouvées identiques, la présence des morts mise à part. Jusqu'à leur mise en terre, les morts changent d'aspect tous les jours. Les Caucasiens passent du blanc au jaune, au jaune-vert, puis au noir. Si la chair séjourne assez longtemps à la chaleur, elle prend la couleur du goudron, tout spécialement autour des blessures, avec des reflets irisés bien visibles.

Tous les jours, les cadavres enflent et deviennent trop gros pour leur uniforme qui se tend sur les corps soufflés et menace de craquer. Les membres peuvent augmenter de volume dans des proportions incroyables et les visages se transforment en boules rondes et tendues comme des ballons. Outre cette bouffissure progressive, il est surprenant de voir la quantité de papier éparpillé autour des cadavres. Leur position dernière, avant toute espèce de mise en terre, varie selon la place des poches. Dans l'armée autrichienne, les poches étant placées à l'arrière des culottes, les cadavres se retournent en peu de temps sur le ventre, face contre terre, les deux poches retournées et tous les papiers qu'elles contenaient se répandent sur le sol. La chaleur, les mouches, la position des cadavres dans l'herbe et la quantité des papiers répandus, sont des impressions qui restent gravées. Mais il est impossible de se souvenir de l'odeur d'un champ de bataille, sous un soleil brûlant. On sait qu'elle existe et qu'on l'a sentie, mais rien ne peut jamais vous la rappeler. Ce n'est pas comme l'odeur d'un régiment que l'on reconnaît soudain dans un tramway : un regard jeté autour de vous vous permet d'identifier celui dont elle émane. Mais l'autre impression s'est évanouie aussi totalement que le souvenir d'un amour passé. On se souvient de ce qui est arrivé, mais les sensations sont à jamais oubliées.

On se demande bien ce que cet infatigable voyageur, Mungo Park, aurait vu sur un champ de bataille en plein soleil, pour lui rendre confiance ; à partir de la fin juin et en juillet, il y avait toujours des coquelicots dans les champs de blé et les mûriers étaient couverts de feuilles à travers lesquelles on voyait vibrer l'air chaud le long des canons de fusils qui brillaient au soleil ; la terre tournait au jaune vif autour des entonnoirs creusés par les obus à ypérite ; il vaut mieux voir une maison tombée en ruine qu'une maison bombardée, mais peu de voyageurs, après avoir respiré à pleins poumons l'atmosphère de ce début d'été, auraient agité les mêmes pensées que Mungo Park au sujet de « créatures formées à Son image ».

La première découverte qu'on fait à propos des morts, c'est que, blessés grièvement, ils meurent comme des animaux. Quelques-uns très vite d'une petite blessure qu'on jugerait insuffisante pour tuer un lapin ; ils meurent de blessures minimes comme les lapins touchés par trois ou quatre petits plombs qui semblent leur avoir à peine écorché la peau. D'autres meurent comme des chats : le crâne défoncé, un morceau d'acier dans la cervelle ; ils vivent deux jours comme des matous qui se traînent dans le charbon avec une balle dans la tête et ne meurent pas avant qu'on les ait égorgés. Peut-être les chats ne meurent-ils pas ; on leur prête neuf vies. Je l'ignore, mais la plupart des hommes meurent comme des animaux, non comme des hommes.

Je n'avais jamais assisté à une mort naturelle, comme on dit, je tenais la guerre pour responsable de ce fait et, comme l'infatigable voyageur, Mungo Park, je savais qu'il existait autre chose, cet « autre chose », toujours absent. Puis, je finis par en voir une. La seule mort naturelle à laquelle j'aie assisté, sans parler des hémorragies — qui n'ont rien de terribles en elles-mêmes — fut causée par la grippe espagnole. On voit le malade étouffer et se noyer dans ses glaires, et l'on sait qu'il meurt quand tout en conservant ses forces d'homme, il redevient comme un petit enfant et remplit ses draps ainsi que des langes, d'un énorme flot de liquide jaune qui jaillit et s'écoule encore après la mort.

Alors, maintenant, je veux assister à la mort d'un de ces prétendus « Humanistes[1] » parce qu'un infatigable voyageur comme Mungo Park ou moi vit, et vivra peut-être assez pour assister à la vraie mort des membres de cette secte littéraire et observer les nobles fins qu'ils feront. Au cours de mes réflexions de naturaliste, l'idée m'est venue que si le décorum est une excellente chose, il faut parfois s'en pas-

1. Je demande l'indulgence du lecteur pour cette mention d'un spécimen d'une espèce disparue. Cette allusion, comme toutes les références à des modes passées, fait dater le récit, mais je la maintiens pour son léger intérêt historique et parce que sa suppression romprait le rythme de l'histoire.

ser si l'on veut perpétuer la race, puisque la position requise pour la procréation en manque au suprême degré, et j'ai songé que ces gens-là sont, ou étaient les produits d'une « pompeuse cohabitation ». Mais quel qu'ait pu être leur commencement, j'espère en voir finir un certain nombre et je songe à la façon dont les vers attaqueront cette précieuse stérilité longtemps confite ; alors que leurs délicates brochures seront parties à tous les diables et leur vie passionnelle résumée en quelques renvois de bas de page.

Peut-être est-il légitime de tenir compte, dans une histoire naturelle des morts, de ces citoyens auto-désignés, qui s'appellent eux-mêmes « humanistes », même si cette désignation a perdu tout sens à la publication du présent ouvrage, mais c'est injuste cependant pour les autres morts ; ceux qui n'ont pas choisi de mourir dans la fleur de l'âge, qui n'ont jamais possédé de magazines, n'ont même, pour la plupart, jamais ouvert une revue et que nous avons vus en plein soleil avec un paquet d'asticots grouillant dans ce qui fut leur bouche.

Mais les cadavres n'étaient pas constamment exposés à la chaleur. Ils étaient bien souvent lavés par la pluie qui ramollissait la terre où on les enterrait et qui finissait parfois par faire du sol une boue d'où ils émergeaient peu à peu, si bien qu'il fallait les ensevelir à nouveau. L'hiver, dans la montagne, il fallait les mettre dans la neige et à la fonte des neiges, au printemps, d'autres devaient les enterrer à leur tour. Il y avait dans la montagne des sites splendides. Nulle guerre n'est plus spectaculaire que la guerre en montagne. C'est là qu'à un endroit nommé Pocol fut enterré un général qui avait reçu dans la tête une balle tirée par un franc-tireur. Et ceci met en évidence l'erreur des auteurs de livres intitulés : « Les généraux meurent dans leur lit », car ce général est bel et bien mort en pleine montagne, au fond d'une tranchée creusée dans la neige, coiffé du feutre à plume d'aigle des alpins, avec un trou dans le front où l'on n'aurait pas mis le petit doigt, et un autre dans la nuque où l'on aurait pu enfoncer un poing de grosseur moyenne — en admettant que l'idée vous en prît — avec, tout autour de lui, la neige ensanglantée. C'était un fameux général et tel était aussi le général Von Behr qui commandait le corps alpin bavarois à la bataille de Caporetto et qui fut tué dans sa voiture par l'arrière-garde italienne, en entrant dans Udine à la tête de ses troupes.

Et si l'on tient à faire preuve d'exactitude en ces matières, il vaudrait mieux intituler des ouvrages de ce genre : « Les généraux meurent souvent dans leur lit. »

Il arrivait aussi en montagne que la neige tombât sur les cadavres alignés le long du mur du poste de secours, à l'abri des bombardements. On les transportait dans un abri creusé à flanc de montagne avant l'arrivée du gel. C'était dans cet abri qu'un homme, dont la tête était brisée comme peut l'être un pot de fleurs — maintenue cependant par quelques membranes et un pansement savant transformé en éponge durcie —, était resté allongé pendant deux jours et une nuit avec un éclat d'obus qui se promenait dans sa cervelle. Les brancardiers demandèrent au médecin de venir jeter un coup d'œil sur lui. Ils le voyaient à chacune de leurs allées et venues, et même quand ils ne le regardaient pas, ils l'entendaient respirer. Le docteur avait les paupières gonflées et les yeux rouges, presque fermés à cause des gaz lacrymogènes. Il regarda l'homme deux fois, une fois en plein jour, l'autre à la lueur d'une lampe de poche. Encore une belle eau-forte pour Goya ; je parle de la visite avec la lampe de poche. Après le deuxième examen, le médecin crut les brancardiers qui lui assurèrent que le soldat vivait encore.

— Que voulez-vous que j'y fasse ? demanda-t-il.

Ils ne voulaient pas qu'on fît quoi que ce soit. Mais, peu après, ils demandèrent la permission de le sortir et de le mettre avec les blessés graves.

— Non ! Non ! Non ! dit le docteur qui était débordé. Et pourquoi ça ! Vous avez peur de lui ?

— On n'aime pas l'entendre là, avec les morts.

— Eh bien, ne l'écoutez pas. Si vous le sortez d'ici, vous serez obligés de le ramener tout de suite après.

— Ça nous est bien égal, mon capitaine.

— Non, dit le docteur. Non, vous avez compris !

— Pourquoi ne lui faites-vous pas une bonne piqûre de morphine ? demanda un officier d'artillerie qui attendait qu'on lui fasse un pansement au bras.

— Croyez-vous que je n'ai rien d'autre à

faire avec ma morphine ? Me voyez-vous opérer sans morphine ? Vous avez un revolver, allez-y et tirez vous-même.

— On lui a déjà assez tiré dessus, dit l'officier. Si ça vous arrivait quelquefois, vous les médecins, d'être blessés, vous changeriez d'attitude.

— Merci beaucoup, dit le docteur en brandissant un forceps, merci mille fois. Et des yeux comme les miens, hein ? fit-il en les désignant avec son forceps. Vous aimeriez ça ? Le gaz lacrymogène... Pour nous c'est de la chance, les lacrymogènes.

— Parce qu'on vous emmène à l'arrière, parce que vous vous précipitez ici avec vos gaz lacrymogènes, pour vous faire évacuer. Vous vous frottez des oignons dans les yeux.

— Vous perdez la tête. Je refuse d'écouter vos insultes. Vous êtes complètement fou.

Les brancardiers entrèrent.

— Mon capitaine ! dit l'un.

— Foutez le camp ! cria le docteur.

Ils sortirent.

— Je vais achever ce pauvre type, dit l'officier, je suis un être humain, moi, je n'admets pas qu'on le laisse souffrir.

— Bon, allez-y, tuez-le, dit le docteur, tuez-le mais prenez-en la responsabilité. Je ferai un rapport : mortellement blessé par un lieutenant d'artillerie au poste de première urgence. Tuez-le, mais allez-y, tuez-le donc !

— Vous n'êtes pas un être humain.

— Mon travail est de prendre soin des blessés et non pas de les tuer. Ça, c'est réservé à ces messieurs de l'artillerie.

— Alors pourquoi ne vous occupez-vous pas de lui ?

— Je l'ai fait. J'ai fait tout ce qu'on pouvait faire.

— Pourquoi ne le faites-vous pas descendre par le téléphérique ?

— De quel droit me posez-vous des questions ? Êtes-vous mon supérieur ? Commandez-vous ce poste de secours ? Pourriez-vous avoir l'obligeance de me répondre ?

Le lieutenant d'artillerie se tut. Dans la pièce, il n'y avait que des soldats. Ils étaient les seuls officiers en présence.

— Mais répondez donc, dit le docteur tout en s'affairant avec le forceps. Répondez.

— Espèce d'enc... dit l'officier d'artillerie.

— Ah ! fit le docteur. Ah ! vous avez dit ça ! Parfait, parfait, nous allons voir !

Le lieutenant d'artillerie se leva et s'avança vers lui :

— Espèce d'enc... dit-il. Enc...

Le docteur lui lança le flacon de teinture d'iode en pleine figure. En marchant sur lui, aveuglé, le lieutenant essayait de trouver son revolver. Le docteur se faufila derrière lui et lui fit un croc-en-jambe. Puis, il lui assena quelques coups de pied et saisit le revolver avec ses gants de caoutchouc. Le lieutenant s'assit sur le sol, sa main valide appuyée sur les yeux :

— Je vous tuerai, dit-il, je vous tuerai dès que je pourrai voir.

— C'est moi qui commande ici, dit le docteur. Tout sera oublié si vous vous souvenez que je commande. Vous ne pouvez pas me tuer parce que c'est moi qui ai votre revolver. Sergent ! Adjudant ! Adjudant !

— L'adjudant est au téléphérique, répondit le sergent.

— Lavez les yeux de cet officier avec de l'eau et de l'alcool. Ils sont pleins de teinture d'iode. Apportez-moi la cuvette que je me lave les mains. Ensuite, je m'occupe de cet officier.

— Vous ne me toucherez pas.

— Tenez-le bien, il délire un peu.

L'un des brancardiers entra.

— Mon capitaine.

— Qu'est-ce que tu veux ?

— L'homme du charnier...

— Fous le camp.

— Il est mort, mon capitaine. J'ai pensé que vous seriez content de le savoir.

— Vous voyez mon pauvre vieux ? Nous nous battons pour rien. En temps de guerre on ne se bat pas pour rien.

— Espèce d'enc... dit le lieutenant d'artillerie, qui ne voyait toujours pas. Je suis aveugle, maintenant.

— Ce n'est rien, dit le docteur. Ne vous en faites pas pour vos yeux, il n'y a pas de danger. Ce n'est rien. Une dispute pour rien.

— Aïe. Aïe. Aïe... hurla soudain le lieutenant. Je suis aveugle ! Je suis aveugle !

— Tenez-le bien, dit le docteur. Il souffre beaucoup. Tenez-le solidement.

UN SOLDAT CHEZ LUI

Krebs partit pour la guerre à sa sortie d'un collège Méthodiste du Kansas. Une photo le montre parmi ses compagnons de séminaire portant tous le même col montant. Il s'engagea dans les Fusiliers marins en 1917 et ne rentra aux États-Unis que lorsque la deuxième division fut revenue du Rhin au cours de l'année 1919.

Un second cliché le montre sur le Rhin en compagnie de deux jeunes Allemandes et d'un autre caporal. Krebs et le caporal semblent trop grands pour leurs uniformes. Les Allemandes ne sont pas jolies. Le Rhin est invisible sur la photo.

Au moment où Krebs revint dans sa ville natale en Oklahoma, l'accueil enthousiaste réservé aux héros n'était plus qu'un souvenir. Il rentrait beaucoup trop tard. Ses concitoyens, qui avaient été enrôlés, avaient tous été chaleureusement reçus à leur retour. Il y avait eu une grande vague d'hystérie. La réaction ne s'était pas fait attendre. On semblait trouver Krebs un peu ridicule de revenir si tard, des années après la fin de la guerre.

Tout d'abord, Krebs, qui avait été au bois Belleau, à Soissons, en Champagne et à Saint-Mihiel et en Argonne, se refusait à parler de la guerre. Plus tard, il en éprouva le besoin, mais personne ne voulait l'écouter. Les gens avaient entendu trop d'histoires d'atrocités pour être émus par les faits réels. Krebs s'aperçut que pour se faire écouter, il lui fallait mentir. Et quand il l'eut fait deux fois, lui aussi prit la guerre et les récits de guerre en aversion. Un dégoût de tout ce qui lui était arrivé pendant la guerre l'envahit, à cause de ses mensonges. Toutes les circonstances qui avaient pu lui donner un sentiment de calme et de dignité — ces circonstances, maintenant lointaines où il avait accompli, simplement et naturellement, le seul geste possible pour un homme, alors que rien ne l'y forçait — avaient perdu leur sens et leur valeur et s'étaient perdues elles-mêmes.

En fait, ses mensonges étaient bénins ; ils consistaient à s'attribuer des choses que d'autres avaient vues, faites ou entendues et à rapporter comme certains des incidents apocryphes familiers à tous les soldats. Ses mensonges mêmes ne causaient aucune sensation dans la salle de billard. Ses amis et connaissances, qui avaient entendu des récits détaillés sur les Allemands trouvés enchaînés aux mitrailleuses dans les forêts d'Argonne, et qui ne pouvaient concevoir, aveuglés par leur chauvinisme, les mitrailleurs allemands autrement qu'enchaînés, n'étaient plus touchés par ses histoires.

L'expérience acquise par le mensonge et l'exagération écœura Krebs et, quand de temps en temps, il rencontrait un autre homme qui avait vraiment fait la guerre, et qu'ils bavardaient quelques minutes dans le vestiaire, au cours d'une soirée par exemple, il prenait d'instinct l'attitude du vieux soldat parmi d'autres soldats : celle de l'homme qui a passé son temps à avoir peur, horriblement peur. Et c'est ainsi qu'il perdit tout.

À ce moment-là, c'était la fin de l'été. Il dormait tard, se levait pour descendre en ville et chercher un livre à la bibliothèque, déjeunait à la maison, lisait sur le perron jusqu'à ce qu'il en eût assez, puis redescendait en ville pour aller passer les heures les plus chaudes de la journée dans la salle de billard, sombre et fraîche. Il aimait jouer au billard.

Le soir, il étudiait la clarinette, allait flâner en ville, lisait et se couchait. Pour ses deux jeunes sœurs, il était toujours un héros. Sa mère lui aurait servi son petit déjeuner au lit, s'il l'avait voulu. Elle entrait souvent quand il était couché et lui demandait de raconter des histoires de guerre, mais son attention se dispersait toujours. Son père, lui, se désintéressait de tout cela.

Avant son départ pour la guerre, Krebs n'avait jamais été autorisé à conduire la voiture de la famille. Son père travaillait dans une agence immobilière et il voulait toujours avoir la voiture sous la main au cas où il aurait des clients à emmener à la campagne pour leur montrer un domaine ou une ferme. La voiture stationnait toujours devant l'immeuble de la First National Bank où son père avait un bureau, au deuxième étage. Maintenant, la guerre finie, c'était toujours la même voiture.

Rien n'avait changé dans la ville, à l'exception des petites filles qui avaient grandi. Mais elles vivaient dans un monde si compliqué d'alliances déjà définies et de rivalités inextricables, que Krebs ne se sentait ni la force ni le courage d'y pénétrer. Pourtant, il aimait les regarder. Il y avait tant de jolies jeunes filles. Elles avaient presque toutes les cheveux courts. Avant son départ, seules les petites filles ou les filles faciles étaient coiffées comme ça. Elles mettaient toutes des pull-overs et des chemisiers à cols ronds. C'était presque un uniforme. Du perron, il aimait les voir passer de l'autre côté de la rue. Il aimait les voir marcher à l'ombre des arbres. Il aimait leurs cols ronds par-dessus leurs pull-overs. Il aimait leurs bas de soie et leurs chaussures à talons plats. Il aimait leurs cheveux coupés court et leur démarche.

Quand il était en ville, elles ne l'attiraient guère. Elles ne lui plaisaient pas quand il les apercevait au salon de thé grec. En fait, il ne les désirait pas. En elles-mêmes, elles étaient trop compliquées. Il s'agissait d'autre chose. Il désirait vaguement une amie, mais il ne voulait pas se donner de mal pour l'obtenir. Il aurait aimé en avoir une, mais il ne voulait pas passer trop de temps à la conquérir. Il ne voulait pas s'empêtrer dans les intrigues et la diplomatie. Il ne voulait à aucun prix faire la cour. Il ne voulait pas faire un mensonge de plus. Ça n'en valait pas la peine.

Il refusait également les conséquences. Il les refusait à jamais. Il voulait vivre sans conséquences. D'ailleurs, il n'éprouvait pas réellement le besoin d'une amie. L'armée lui avait appris cela. C'était bien porté de laisser entendre qu'on ne pouvait pas se passer d'une fille. Presque tout le monde faisait cela. Mais c'était faux. Nul n'avait besoin de femme.

C'était bien là le plus drôle. D'abord un garçon proclamait que les filles ne signifiaient rien pour lui, qu'il n'y pensait jamais et qu'elles le laissaient absolument froid. Puis un autre se vantait de ne pas pouvoir s'en passer, affirmant qu'il en avait besoin tout le temps et qu'il lui fallait une fille dans son lit toutes les nuits.

Tout cela n'était que mensonge. Mensonge dans l'un et l'autre cas. On n'avait pas besoin de filles si on n'y pensait pas. Il avait appris ça dans l'armée. Puis, tôt ou tard, on finissait par en avoir une. Quand on était vraiment mûr pour une fille, on en dénichait toujours une. Tôt ou tard, ça venait, sans qu'il fût besoin d'y penser. Il avait appris tout ça dans l'armée.

Maintenant, il aurait bien aimé avoir une fille, si elle était venue à lui, sans parler. Mais ici, chez lui, c'était bien trop compliqué. Il savait que l'expérience passée ne se renouvellerait pas ; il était inutile d'y compter. Voilà pourquoi les Françaises et les Allemandes avaient du bon : avec elles, tous ces discours étaient inutiles. On ne pouvait guère parler et on n'en avait pas besoin. Tout était simple et on s'entendait bien. Il pensa d'abord à la France, puis à l'Allemagne. Tout compte fait, il avait préféré l'Allemagne. Il ne voulait pas quitter l'Allemagne. Il ne voulait pas rentrer chez lui. Et pourtant, il avait fini par revenir. Et il se retrouvait là, assis sur le perron.

Il aimait les filles qui passaient sur le trottoir d'en face. Mais le monde dans lequel elles vivaient n'était pas le sien. Il les préférait de beaucoup aux Françaises et aux Allemandes. Il aimerait bien en avoir une. Mais ça ne valait pas la peine d'essayer. Elles faisaient un si bel ensemble. Il aimait cet ensemble. C'était attrayant. Mais il n'irait pas se lancer dans les boniments. Il n'y en avait pas une qu'il désirait assez pour cela. Cependant, il avait du plaisir à les regarder toutes. Non, ça n'en valait pas la peine. Pas au moment où la vie redevenait supportable.

Il était assis sur le perron et lisait un livre

sur la guerre. C'était un ouvrage historique où il retrouvait le récit de tous les engagements auxquels il avait pris part. Aucune lecture ne l'avait jamais passionné à ce point. Il aurait pourtant souhaité y trouver plus de cartes. Il feuilletait son bouquin, heureux de lire des histoires d'un intérêt réel que rehaussaient des cartes détaillées. Maintenant, il apprenait ce qu'était effectivement la guerre. Il avait été un bon soldat. Toute la différence était là.

Un matin, environ un mois après son retour, sa mère entra dans sa chambre et s'assit sur le lit en tortillant son tablier.

— J'ai parlé avec ton père, hier soir, Harold, dit-elle. Il ne demande pas mieux que tu prennes la voiture pour sortir le soir.

— Hein ? fit Krebs mal réveillé. Prendre la voiture ?... Ah oui ?

— Oui. Ton père pense depuis quelque temps déjà que tu pourrais prendre la voiture pour sortir le soir, quand ça te fait plaisir, mais nous n'en avons parlé qu'hier soir.

— Je parie que c'est toi qui l'as tanné pour obtenir ça, dit Krebs.

— Pas du tout, c'est ton père lui-même qui a mis la question sur le tapis.

— Vraiment ? Mais je parie bien que c'est toi qui l'as asticoté.

Krebs s'assit dans son lit.

— Veux-tu descendre déjeuner, Harold ? demanda sa mère.

— Dès que je serai habillé, répondit Krebs.

Sa mère s'en alla. Pendant qu'il se lavait, se rasait et s'habillait pour descendre à la salle à manger prendre son petit déjeuner, il entendit un bruit de friture venant de la cuisine. Quand il se fut mis à table, sa sœur lui apporta le courrier.

— Eh bien, Hare, dit-elle, vieille marmotte, pourquoi donc t'es-tu levé ?

Krebs la regarda. Il l'aimait bien. C'était sa préférée.

— Tu as le journal ?

Elle lui tendit *l'Étoile de Kansas City* ; il arracha la bande et l'ouvrit à la page sportive. Puis il plia le journal et l'appuya contre la cruche à eau en le calant avec son assiette de porridge, de façon à pouvoir lire en mangeant.

Sa mère apparut à la porte de la cuisine :

— Harold, Harold, dit-elle, je t'en prie, ne chiffonne pas le journal. Ton père ne pourra pas le lire s'il est chiffonné.

— Je ne le chiffonnerai pas, dit Krebs.

Sa sœur s'assit à la table et le regarda lire.

— On joue au base-ball sous le préau de l'école cet après-midi. C'est moi le lanceur.

— Épatant ! dit Krebs. Tu te sens en forme ?

— Je lance mieux qu'un tas de garçons. Je leur dis tout ce que tu m'as appris. Les autres filles ne valent pas grand-chose.

— Ah ouais ? fit Krebs.

— Je leur dis que tu es mon flirt. N'est-ce pas que tu es mon flirt, Hare ?

— Et comment !

— Tu crois qu'on ne peut pas prendre son frère comme flirt, simplement parce que c'est votre frère ?

— Je n'sais pas.

— Mais si, tu sais. Dis-moi, Hare, tu ne pourrais pas être mon flirt, si j'étais plus vieille et si tu voulais bien ?

— Mais si, tu es déjà ma copine maintenant.

— Vraiment, je suis ta copine ?

— Bien sûr.

— Tu m'aimes ?

— Heu...

— Tu m'aimeras toujours ?

— Bien sûr.

— Est-ce que tu viendras me voir jouer au base-ball ?

— Peut-être.

— Oh ! Hare, tu ne m'aimes pas. Si tu m'aimais, tu aurais envie de venir me voir jouer au base-ball.

La mère de Krebs sortit de la cuisine et entra dans la salle à manger. Elle apportait une assiette avec deux œufs au bacon et une autre avec des crêpes.

— Laisse-nous un instant, Helen, dit-elle. Je veux dire un mot à Harold.

Elle posa les œufs devant lui et apporta un pichet de sirop d'érable pour les crêpes. Puis, elle s'assit en face de Krebs.

— Je voudrais bien que tu laisses ce journal une minute, Harold, dit-elle.

Krebs baissa le journal et le replia.

— As-tu décidé de ce que tu allais faire, Harold ? demanda sa mère en enlevant ses lunettes.

— Non, fit Krebs.

— Ne crois-tu pas qu'il est temps ?

Elle disait cela gentiment. Elle paraissait inquiète.

— Je n'y ai pas encore pensé, dit Krebs.

— Dieu réserve une tâche à chacun de nous sur la terre, dit sa mère. Il n'y a pas de place pour les oisifs dans Son Royaume.

— Je ne suis pas de Son Royaume, dit Krebs.

— Nous sommes tous de Son Royaume.

Krebs se sentit gêné et rétif comme toujours.

— Je me suis tellement tracassée pour toi, Harold, poursuivit sa mère. Je sais que tu as été exposé à bien des tentations, et je sais combien les hommes sont faibles. Je sais ce que ton cher grand-père, mon propre père, nous a raconté sur la guerre civile et j'ai prié pour toi. Je prie toute la journée pour toi, Harold.

Krebs regardait le gras du bacon se figer sur son assiette.

— Ton père aussi est anxieux, continua la mère. Il croit que tu n'as plus d'ambitions, que tu n'as pas de but précis dans la vie. Charley Simmons, qui est du même âge que toi, a trouvé une très bonne situation et va se marier. Tous les jeunes se sont casés ; ils veulent tous arriver à quelque chose. On peut déjà se rendre compte que des garçons comme Charley Simmons seront bientôt utiles à la communauté.

Krebs ne dit rien.

— Ne fais pas cette tête, Harold, lui dit sa

mère. Tu sais que nous t'aimons et que c'est uniquement pour ton bien que je te dis ce qu'il en est exactement. Ton père ne veut pas empiéter sur ta liberté. Il pense que tu dois avoir la permission de conduire la voiture. Si tu veux emmener une de nos charmantes jeunes filles faire une promenade, nous en serons ravis. Nous voulons que tu t'amuses. Mais il va falloir que tu te mettes au travail, Harold. À ce sujet, ton père te laisse libre de choisir. Tous les métiers sont honorables, comme il dit. Mais il faut que tu t'y mettes. Il m'a demandé de te parler ce matin ; maintenant tu pourrais passer le voir à son bureau.

— C'est tout ?... fit Krebs.

— Oui. Tu n'aimes pas ta mère, mon enfant chéri ?

— Non, dit Krebs.

Assise à l'autre bout de la table, sa mère le regardait ; ses yeux brillèrent, elle se mit à pleurer.

— Je n'aime personne, dit Krebs.

Mais à quoi bon lui avoir fait cette réponse. Il ne pouvait pas lui expliquer, il ne pouvait pas lui faire comprendre.

C'était stupide de sa part. Il avait simplement réussi à la blesser. Il s'approcha d'elle et la prit par le bras. Elle pleurait, la tête dans les mains.

— Je ne voulais pas dire ça, dit-il. J'étais hors de moi, voilà tout. Je ne voulais pas dire que je ne t'aimais pas.

Sa mère pleurait toujours.

Krebs posa le bras sur son épaule.

— Tu ne peux pas me croire, dis, maman ?

Sa mère hocha la tête.

— Voyons, maman, je t'en prie, crois-moi !

— Oui, dit la mère, d'une voix entrecoupée. — Elle leva les yeux vers lui : — Je te crois, Harold.

Krebs lui embrassa les cheveux. Elle tourna son visage vers lui.

— Je suis ta mère, lui dit-elle. Je t'ai porté tout contre mon cœur quand tu étais un tout petit bébé.

Krebs éprouva un malaise et une sorte de nausée.

— Je sais, maman. J'essaierai d'être un bon fils.

— Veux-tu t'agenouiller et prier avec moi, Harold ? demanda sa mère.

Ils s'agenouillèrent à côté de la table de la salle à manger et la mère de Krebs se mit à prier.

DANS UN AUTRE PAYS

À l'automne, la guerre durait toujours, mais nous ne la faisions plus. La saison était froide à Milan et la nuit tombait très tôt. Alors les lampes électriques s'allumaient, et c'était agréable de flâner dans les rues en regardant les vitrines.

Il y avait beaucoup de gibier suspendu aux devantures des boutiques et la neige saupoudrait la fourrure des renards dont le vent agitait les queues. Les daims, vidés, pendaient, raides et lourds, et les petits oiseaux se balançaient dans le vent qui rebroussait leurs plumes. Le vent descendait des montagnes et l'automne était froid.

Nous allions à l'hôpital tous les après-midi et nous avions divers itinéraires pour nous y rendre en traversant la ville au crépuscule. Deux de ces chemins suivaient les canaux, mais ils étaient longs. Cependant, on finissait toujours par traverser un pont sur le canal avant d'entrer à l'hôpital. Il y avait le choix entre trois ponts. Sur l'un des trois, une femme vendait des marrons grillés. Il faisait bon devant son fourneau à charbon de bois et les marrons conservaient leur chaleur au fond des poches.

L'hôpital était très vieux et très beau. On y pénétrait par une grande porte cochère. Puis, on traversait une cour et l'on ressortait de l'autre côté par une autre porte. Souvent, des cortèges funèbres se formaient dans la cour. Derrière le vieil hôpital étaient installés les nouveaux pavillons en briques. Nous nous y retrouvions tous les après-midi. Tous très polis, intéressés par ce qui se passait, nous nous asseyions dans ces appareils qui devaient transformer notre existence.

Le docteur s'approcha de celui sur lequel j'étais assis et me dit :

— Quelle était votre activité préférée avant la guerre ? Vous pratiquiez un sport ?

Je répondis :

— Oui, le rugby.

— Bon, dit-il. Eh bien, vous pourrez rejouer au rugby et mieux que jamais.

Mon genou était raide, ma jambe pendait

toute droite, du genou à la cheville, et je n'avais plus de mollet. La machine était supposée lui rendre sa souplesse en la faisant travailler comme sur un tricycle. Mais il ne pliait pas encore, bien au contraire, la machine avait des à-coups au moment de faire fonctionner l'articulation. Le docteur disait :

— Tout ça va passer. Vous êtes un veinard. Vous rejouerez au rugby comme un champion.

Sur l'appareil voisin se trouvait un major qui avait une main petite comme celle d'un bébé. Il me lança un clin d'œil quand le docteur examina sa main, placée entre deux courroies de cuir qui rebondissaient de haut en bas, en frappant les doigts raides :

— Et moi, est-ce que je jouerai aussi au rugby, capitaine-docteur ? demanda-t-il au médecin.

Ç'avait été un très grand escrimeur avant la guerre ; le premier escrimeur d'Italie.

Le docteur alla chercher dans son cabinet une photographie qui montrait une main desséchée, presque aussi petite que celle du major, et une autre un peu plus grande après traitement. Le major prit la photographie de sa main valide et l'examina avec beaucoup d'attention.

— Une blessure ? demanda-t-il.

— Un accident de travail, répondit le docteur.

— Très intéressant, très intéressant, fit le major et il la rendit au docteur.

— Avez-vous confiance ?

— Aucune, répondit le major.

Il y avait encore trois garçons à peu près de mon âge qui venaient tous les jours. Ils étaient tous les trois de Milan ; l'un d'eux voulait être avocat, l'autre peintre, et le troisième avait voulu entrer dans l'armée. Quand nous en avions fini avec les machines, nous allions quelquefois ensemble au café Cova, à côté de la Scala. Nous prenions le raccourci par le quartier communiste, parce que nous étions quatre. Les gens nous détestaient parce que nous étions officiers et sur notre passage quelqu'un cria, une fois, d'un bistrot : « A basso gli ufficioli ! »

Un autre garçon se joignait de temps en temps à nous quatre. Il portait un mouchoir de soie noire sur le visage, parce qu'il n'avait plus de nez et qu'on devait lui refaire la figure. Il était parti pour le front en sortant de l'école militaire et avait été blessé une heure après être monté en ligne. On lui refit sa figure, mais il sortait d'une très vieille et noble famille et on ne parvint jamais à réussir parfaitement son nez. Il partit plus tard pour l'Amérique du Sud travailler dans une banque.

Mais tout cela se passait longtemps auparavant, et aucun de nous ne savait alors quelle tournure prendraient les événements. Nous savions seulement que la guerre durait toujours mais que nous n'y retournerions plus.

Nous avions tous les mêmes décorations, excepté le garçon au bandeau de soie noire qui n'était pas resté au front assez longtemps pour être décoré. Le grand garçon à la figure pâle, qui voulait être avocat, avait été lieutenant d'Arditi, et il arborait trois décorations de l'ordre dont nous ne portions qu'une chacun. Il avait vécu longtemps au contact de la mort et il était un peu détaché du monde. Nous l'étions tous plus ou moins, et rien ne créait de liens entre nous, à l'exception de nos rencontres quotidiennes à l'hôpital. Cependant, quand nous nous rendions au Cova la nuit par le quartier mal famé de la ville, au milieu des lumières et des chansons qui sortaient des bistrots, et marchant sur la chaussée pour éviter de bousculer les hommes et les femmes qui s'amassaient volontairement sur les trottoirs à notre passage, alors nous nous sentions liés par notre destinée commune que ces gens, qui ne nous aimaient pas, ne pouvaient comprendre.

Nous appréciions tous le Cova pour ses éclairages discrets ; et son ambiance était riche et animée, parfois bruyante et enfumée, on y trouvait toujours des filles aux tables et des magazines sur les étagères. Les filles du Cova étaient très patriotes. C'est ainsi que je m'aperçus que les plus patriotes des Italiens étaient les entraîneuses et je suis convaincu qu'elles le sont toujours restées.

Tout d'abord, mes camarades considéraient mes décorations avec déférence ; puis ils me demandèrent comment je les avais gagnées. Je leur montrai les papiers rédigés dans une langue très noble et bourrés de « fratelanza » et d'« abengazione », mais qui signifiaient, en réalité — les adjectifs mis à part — que j'avais été décoré parce que j'étais américain.

Je restais de leur côté contre les étrangers, mais leur attitude à mon égard changea alors légèrement. J'étais un ami, mais ne pus jamais être vraiment des leurs, une fois qu'ils eurent lu mes citations, car leurs expériences avaient été différentes et ils avaient gagné leurs décorations pour de tout autres motifs que moi. J'avais été blessé, il est vrai, mais nous savions tous qu'être blessé, après tout, n'était en fait qu'un accident. Cependant, je n'eus jamais honte de mes décorations et parfois, après l'heure du cocktail, je m'imaginais avoir accompli moi-même les actions d'éclat qui leur avaient valu leurs décorations. Mais en rentrant le soir, dans le vent froid, par les rues vides aux boutiques fermées, m'efforçant de m'éloigner le moins possible des réverbères, je savais que je n'aurais jamais accompli de semblables hauts faits et j'avais très peur de mourir. Et le soir, seul dans mon lit et livré à moi-même, l'idée de la mort me hantait et je me demandais comment je me comporterais à mon retour au front.

Les trois garçons décorés ressemblaient à des fauves en chasse ; j'aurais pu moi-même passer pour l'un des leurs aux yeux de ceux qui ne savaient rien de cette forme de chasse, mais ce n'était qu'une apparence — les trois hommes, eux, ne pouvaient s'y tromper et nous finîmes par nous séparer.

Mais je restai bon camarade avec le garçon qui avait été blessé à son premier jour de combat, car il ne pourrait jamais savoir ce qu'il serait devenu par la suite ; les autres le tenaient aussi à l'écart et je l'aimais bien, pensant qu'il ne se serait peut-être pas transformé en bête fauve.

Le major, qui avait été un grand escrimeur, ne croyait pas à la bravoure, et quand nous étions assis sur les appareils, il passait une grande partie de son temps à corriger ma grammaire. Il m'avait fait des compliments pour mon italien, et nous nous comprenions sans effort. Je lui avais déclaré, un jour, que l'italien me semblait une langue si simple que je ne parvenais pas à m'y intéresser. Tout était si facile à dire.

— Vraiment, avait répliqué le major. Essayez donc de respecter la grammaire. Nous nous sommes mis alors à l'étude de la grammaire. Et l'italien devint bientôt une langue si difficile que je n'osais plus lui adresser la parole, jusqu'au jour où je possédai la grammaire par cœur.

Le major venait très régulièrement à l'hôpital. Je pense qu'il ne manquait pas un jour, et, pourtant, je suis sûr qu'il ne croyait pas aux appareils.

Il fut un temps où nul d'entre nous n'y croyait, et le major avait même affirmé un jour que toutes ces machines n'étaient que de la foutaise. Les appareils étaient neufs à l'époque, et nous devions faire les cobayes. C'était une idée ridicule, disait-il. « Une théorie sans fondement. »

Je n'avais pas appris ma grammaire ce jour-là. Il me traita d'incurable idiot et me dit qu'il était bien bête de perdre son temps avec moi. C'était un homme de petite taille. Il se tenait assis très raide sur sa chaise, la main droite enfoncée dans la machine et les yeux fixés devant lui sur le mur, pendant que les courroies faisaient tressauter ses doigts.

— Que ferez-vous quand la guerre sera finie, si elle finit ? me demanda-t-il. Et attention à la grammaire !

— Je rentrerai aux États-Unis.

— Êtes-vous marié ?

— Non. Mais j'espère l'être un jour.

— Vous êtes d'autant plus stupide, dit-il.

Il avait l'air très en colère.

— Un homme ne doit pas se marier.

— Pourquoi, signor Maggiore ?

— Ne m'appelez pas signor Maggiore.

— Pourquoi un homme ne doit-il pas se marier ?

— Il ne peut pas se marier. Il ne peut pas,

répétait-il, furieux. S'il doit tout perdre, il ne doit pas se mettre en position de perdre une femme. Il ne doit jamais se mettre en position de perdre. Il doit découvrir des choses impossibles à perdre.

Il avait un ton excédé et amer et regardait droit devant lui en parlant.

— Pourquoi la perdrait-il nécessairement ? demandai-je.

— Il ne peut que la perdre, répliqua le major, les yeux fixés sur le mur.

Puis, son regard tomba sur la machine, il retira sa petite main des courroies et la tapa vigoureusement sur sa cuisse.

— Il ne peut que la perdre. — Il criait presque. — Ne discutez pas !

Puis, il appela l'assistant chargé des appareils :

— Venez arrêter ce sacré truc !

Ensuite il passa dans l'autre salle pour le traitement électrique et le massage. Je l'entendis demander au docteur s'il pouvait se servir de son téléphone, et il ferma la porte. Quand il revint, j'étais installé devant un autre appareil. Il avait mis sa cape et son képi. Il vint droit vers moi et me posa une main sur l'épaule.

— Je suis désolé, dit-il, et de sa main valide, il me tapota l'épaule. Je ne voulais pas être grossier. Ma femme vient de mourir. Il faut me pardonner.

— Oh ! dis-je profondément peiné. Comme je regrette. Il restait là, debout, mordant sa lèvre inférieure :

— C'est très difficile, fit-il. Je n'arrive pas à me résigner.

Il regardait droit devant lui à travers la fenêtre. Puis, il commença à pleurer :

— Je suis absolument incapable de me résigner, dit-il avec un sanglot.

Alors, se mordant la lèvre et pleurant, les yeux dans le vide, les larmes coulant sur ses joues, la tête haute, la démarche raide et martiale, il passa devant les appareils et sortit.

Le docteur me raconta que la femme du major, qui était très jeune, et qu'il n'avait épousée qu'une fois définitivement réformé, était morte d'une pneumonie, après quelques jours de maladie. Personne ne s'attendait à la voir mourir. Durant trois jours, le major n'était pas venu à l'hôpital. Puis, il arriva à l'heure habituelle, un brassard noir à la manche de son uniforme. À son retour, il trouva de grandes photos encadrées de toutes sortes de blessures — avant et après le traitement mécanographique — accrochées au mur dans leurs cadres. Devant l'appareil du major étaient pendues trois photographies de mains comme la sienne, complètement rétablies. Je ne sais pas où le docteur les avait dénichées. J'avais toujours compris que nous étions les premiers à expérimenter les appareils. Mais les photographies ne faisaient guère d'effet sur le major, car il avait toujours les yeux fixés sur la fenêtre.

SIMPLE ENQUÊTE

Dehors, la neige dépassait l'appui de la fenêtre et le soleil entrait par la vitre, illuminant une carte sur la cloison de sapin de la cabane. Le soleil était haut, et ses rayons passaient au-dessus de la couche de neige. Une tranchée avait été creusée le long de la cabane du côté de la porte et, à chaque belle journée, la chaleur du soleil qui brillait sur le mur, se réfléchissait sur la neige, et élargissait la tranchée. C'étaient les derniers jours de mars. Le major s'installa à une table contre le mur et son adjudant s'assit à une autre.

Le major avait autour des yeux des cercles blancs laissés par les lunettes noires qu'il portait pour se protéger de la réverbération.

Le reste de sa figure avait été brûlé, puis bronzé, et brûlé de nouveau. Son nez était gonflé et de petits bouts de peau morte pendaient à la place des cloques. Tout en étudiant ses papiers, il trempait les doigts de sa main gauche dans une soucoupe pleine d'huile, puis il étendait l'huile sur sa figure, l'effleurant légèrement du bout des doigts. Il les passait soigneusement sur le bord de la soucoupe pour n'y conserver qu'une mince couche d'huile, et après s'être massé le front et les joues, il se caressait le nez avec beaucoup de précautions.

Quand il eut fini, il se leva, prit la soucoupe et entra dans le réduit où il dormait.

— Je vais faire un petit somme, dit-il à l'adjudant.

Dans cette armée, un adjudant n'est pas officier.

— Vous terminerez le travail.

— Oui, signor Maggiore, répondit l'adjudant.

L'adjudant bascula sa chaise en arrière et bâilla. Puis il sortit de la poche de sa vareuse un livre recouvert de papier et l'ouvrit ; il le posa ensuite sur la table et alluma sa pipe. Il se pencha sur la table pour lire et tira une bouffée. Ensuite il ferma le livre et le remit dans sa poche. Il avait trop de paperasseries à expédier. Il n'aurait aucun plaisir à lire, tant qu'il n'aurait pas fini. Dehors, le soleil se cacha derrière une montagne et la lumière disparut du mur, de la cabane. Un soldat entra et enfourna dans le poêle quelques branches de sapin, de longueurs variées.

— Doucement, Pinin, lui dit l'adjudant. Le major dort.

Pinin, un garçon basané, était l'ordonnance du major. Il chargea le poêle en enfonçant les branches de pin avec soin, ferma la porte et retourna dans le fond de la cabane. L'adjudant se remit au travail.

— Tanani ! appela le major.

— Signor Maggiore.

— Envoie-moi Pinin.

— Pinin ! cria l'adjudant. Pinin entra dans la pièce. Le major vous demande.

Pinin traversa la grande salle principale de la cabane jusqu'à la porte entrebâillée du major. Il frappa.

— Signor Maggiore ?

L'adjudant entendit la voix du major :

— Entre et ferme la porte.

Le major était étendu sur son lit de camp, la tête appuyée sur son rucksack, qu'il avait bourré de vêtements de rechange pour en faire un oreiller. Sa longue figure brune et huilée était tournée vers Pinin debout à son côté. Ses mains étaient posées sur les couvertures.

— Tu as 19 ans ? demanda-t-il.

— Oui, signor Maggiore.

— As-tu déjà été amoureux ?

— Que voulez-vous dire, signor Maggiore ?

— Amoureux d'une jeune fille ?

— Oui, j'ai été avec des filles.

— Je ne te demande pas ça. Je te demande si tu as été amoureux d'une jeune fille ?

— Oui, signor Maggiore.

— En es-tu amoureux en ce moment ? Tu ne lui écris pas. Je lis toutes tes lettres.

— Je l'aime, dit Pinin, mais je ne lui écris pas.

— En es-tu bien sûr ?

— Tout à fait.

— Tanani ! dit le major sans hausser le ton. Peux-tu m'entendre ?

Aucune réponse ne parvint de la pièce voisine.

— Il n'entend pas, fit le major, et tu es sûr d'aimer cette fille ?

— J'en suis sûr.

— Et... le major lui lança un bref coup d'œil, tu es sûr de ne pas être corrompu.

— Je ne sais pas ce que vous voulez dire... corrompu ?

— Ça va, dit le major. Inutile de faire le malin.

Pinin regardait par terre. Le major étudia sa figure bronzée, le toisa des pieds à la tête et s'arrêta à ses mains. Puis il continua sans sourire :

— Et tu ne veux vraiment pas... le major s'interrompit.

Pinin regardait par terre.

— Ton plus cher désir n'est pas vraiment...

Pinin regardait toujours par terre. Le major appuya la tête sur son rucksack et sourit. Il était réellement soulagé : la vie dans l'armée était trop compliquée.

— Tu es un bon garçon, fit-il. Tu es un bon garçon. Pinin. Mais ne fais pas le malin et prends garde que quelqu'un d'autre vienne te prendre.

Pinin était toujours debout à côté du lit de camp.

— N'aie pas peur, dit le major. — Il avait croisé les mains sur les couvertures. — Je ne te toucherai pas. Tu peux rejoindre ta section, si ça te fait plaisir. Mais tu ferais mieux de rester à mon service. Tu as moins de chances d'être tué.

— Désirez-vous quelque chose, signor Maggiore ?

— Non, dit le major. Va, et continue ce que tu étais en train de faire. Laisse la porte ouverte quand tu sortiras.

Pinin sortit et laissa la porte ouverte. L'adjudant le regarda traverser la pièce et sortir d'un air embarrassé. Pinin était tout rouge et n'avait plus la même démarche que lorsqu'il avait apporté le bois pour le poêle. L'adjudant le suivit du regard et sourit. Pinin rentra avec une nouvelle provision de bois. Le major, couché sur son lit de camp, regardait son casque camouflé et ses lunettes de soleil accrochés à un clou sur le mur. Il entendit Pinin traverser la pièce. « Le petit bougre, pensa-t-il, je me demande s'il ne m'a pas menti. »

ÇA NE RISQUE PAS DE VOUS ARRIVER

L'attaque s'était déclenchée de l'autre côté du champ ; contenue par un barrage de mitrailleuses en provenance du chemin creux et d'un groupe de fermes, elle n'avait rencontré aucune résistance dans la ville et avait atteint le bord de la rivière. À bicyclette, sur la route, obligé de pousser sa machine quand le sol était trop défoncé, Nicholas Adams comprit ce qui s'était passé d'après la position des morts.

Ils étaient allongés, isolés ou en tas dans l'herbe haute des prés et le long de la route. Leurs poches étaient retournées. Ils étaient couverts de mouches. Et près de chaque cadavre ou de chaque amas de cadavres, étaient éparpillés des papiers.

Dans l'herbe et les blés, dans les bas-côtés et par places, en plein milieu de la route, s'étalait un matériel hétéroclite. Une roulante qui avait dû arriver quand tout était calme :

des havresacs de peau, des grenades, des casques, des fusils, certains avec les crosses en l'air, les baïonnettes plantées dans le sol — elles avaient pas mal travaillé ces temps derniers. Encore des grenades, des éclats d'obus, des casques, des fusils, des pelles de tranchées, des caisses de munitions, des pistolets lance-fusées avec leurs projectiles épars, des trousses de secours, des masques à gaz et leurs étuis, une mitrailleuse à trépied dans un cercle de douilles vides, avec les bandes sorties de leurs boîtes, et le refroidisseur à eau vidé, la culasse enlevée, les servants étrangement emmêlés, et tout autour, dans l'herbe, toujours les mêmes papiers éparpillés.

Il y avait des livres de messe, des cartes postales représentant la section des mitrailleurs, le sourire aux lèvres, posant comme une équipe scolaire avant le match de fin d'année et, maintenant, ils étaient entassés et gonflés dans l'herbe ; il y avait des cartes de propagande montrant un soldat en uniforme autrichien en train de renverser une femme sur un lit : les personnages avaient une attitude suggestive, le tableau était séduisant et n'avait rien de commun avec le viol véritable où la jupe est rabattue par-dessus la tête de la femme, tandis que pour l'étouffer un camarade s'assied sur sa figure. Il y avait beaucoup de cartes stimulantes qu'on avait évidemment distribuées juste avant l'offensive. Maintenant elles étaient éparpillées parmi les cartes postales pornographiques, les petites photos de filles de campagne prises par des photographes de villages, quelques photos d'enfants et des lettres, des lettres et des lettres. Il y avait toujours beaucoup de papiers autour des morts et cette attaque n'avait pas fait exception.

Ceux-ci étaient des morts récents et personne ne s'était préoccupé d'autre chose que de leurs poches. Nick remarqua que nos morts, ou ceux qu'il présumait tels, étaient étonnamment peu nombreux. Leurs manteaux avaient été ouverts et leurs poches retournées ; leurs positions donnaient une idée précise du style et de l'habileté de l'attaque. La chaleur les avait tous également gonflés, sans distinction de nationalité.

Il était clair que la ville avait été défendue à la fin, de la position du chemin creux. Aucun Autrichien ou presque n'y était tombé. Il n'y avait que trois cadavres dans la rue et les hommes semblaient avoir été abattus dans leur course. Les maisons de la ville avaient été mises en ruine par le bombardement ; la rue était pleine de moellons et de gravats, de poutres arrachées et de débris de tuiles. Il y avait de nombreux entonnoirs dont certains étaient cernés d'une trace jaune laissée par l'ypérite. Le sol était jonché d'éclats d'obus et de shrapnells. La ville était déserte.

Depuis Fornaci, Nick Adams roulait à travers une campagne luxuriante sans avoir rencontré personne. Pourtant, à gauche de la route, il avait aperçu des fusils masqués par un rideau de mûriers. La colonne d'air brûlant montant des canons chauffés par le soleil avait attiré son attention. Il traversa la ville, surpris de la trouver déserte, et en sortit par la route qui suivait la berge en contrebas du fleuve. Au-delà de la ville, la route descendait à travers une plaine dénudée. Nick apercevait les eaux tranquilles du fleuve, la courbe basse de la rive opposée et la terre limoneuse, blanchie par le soleil, des abris creusés par les Autrichiens. Tout était vert et exubérant depuis son dernier passage et la consécration de l'histoire n'avait en rien altéré le cours du fleuve.

Le bataillon était installé sur la gauche le long de la rive. En haut de la berge, on voyait quelques hommes installés dans une série de trous. Nick repéra l'emplacement des mitrailleuses et les fusées de signalisation dans leurs étuis. Dans les trous creusés au flanc de la berge, les hommes dormaient. Personne ne l'arrêta. Il poursuivit sa route et, comme il amorçait un virage dans la boue, un jeune sous-lieutenant, mal rasé, les yeux rouges injectés de sang, lui mit un revolver sous le nez :

— Qui êtes-vous ?

Nick s'expliqua.

— Qu'est-ce qui me le prouve ?

Nick lui montra la tessera avec la photo, son identité et le cachet de la troisième armée. L'autre s'en saisit.

— Je la conserve.

— Certainement pas, dit Nick. Rendez-moi ma carte et écartez ce revolver... Là. Comme ça. Dans l'étui.

— Comment puis-je savoir qui vous êtes ?

— La tessera vous le dit.

— Et si la tessera est fausse ? Donnez-moi cette carte.

— Ne faite pas l'imbécile, dit aimablement Nick. Conduisez-moi à votre commandant de compagnie.

— Je devrais vous envoyer au quartier général du bataillon.

— D'accord, fit Nick. Écoutez, connaissez-vous le capitaine Paravicini ? Le grand avec une petite moustache qui était architecte et parle anglais ?

— Vous le connaissez ?

— Un peu.

— Quelle compagnie commande-t-il ?

— La seconde

— Il commande le bataillon.

— Bien, fit Nick. — Il était soulagé de savoir que Para allait bien. — Allons au bataillon.

Quand Nick était sorti de la ville, trois fusées avaient éclaté assez haut sur la droite au-dessus d'une des maisons détruites. Depuis, le bombardement s'était interrompu. Mais cet officier avait exactement la figure d'un homme pris sous un bombardement. C'était la même tension et la même voix étranglée. Son revolver agaçait Nick.

— Ôtez ça de là, dit-il. Il y a toute la rivière entre eux et vous.

— Si je pensais que vous êtes un espion, je vous abattrais sur-le-champ, fit le sous-lieutenant.

— Venez, allons au bataillon, dit Nick.

Cet officier l'exaspérait.

Le capitaine Paravicini, major par intérim, était à sa table dans la cagna qui servait de quartier général. Plus mince et plus Anglais que jamais, il se leva quand Nick le salua.

— Hello, fit-il. Je ne vous reconnaissais pas. Que faites-vous dans cet uniforme ?

— On m'a mis dedans.

— Je suis très content de vous voir, Nicolo.

— Eh bien, vous avez l'air en pleine forme. L'affaire a bien marché ?

— Nous avons fait une attaque remarquable, vraiment remarquable. Je vais vous montrer. Regardez.

Il montra sur une carte comment s'était déroulée l'attaque.

— Je suis venu de Fornaci, dit Nick. J'ai pu voir comment ça s'était passé. C'est un succès.

— C'était extraordinaire. Absolument extraordinaire. Êtes-vous attaché au régiment ?

— Non, je suis censé circuler en montrant mon uniforme.

— Voilà qui est bizarre !

— On suppose que s'ils voient un uniforme américain, ils croiront qu'il en viendra d'autres.

— Mais comment sauront-ils que c'est un uniforme américain ? demanda Paravicini.

— Vous le leur direz.

— Oui, oui. Je vois... Je vais vous donner un caporal pour vous piloter et vous ferez la tournée des lignes.

— Comme un salaud de politicien, fit Nick.

— Vous seriez beaucoup plus distingué en civil.

— Voilà qui serait vraiment chic.

— Avec un chapeau à bords roulés.

— Ou avec un taupé bien velu. Je suis censé avoir les poches pleines de cigarettes, de cartes postales et d'objets de ce genre, dit Nick, il me faudrait une musette pleine de chocolat. Et je distribuerais tout ça avec un mot aimable et une tape sur l'épaule. Mais il n'y avait ni cigarettes, ni cartes postales, ni chocolat. Alors ils m'ont simplement dit de circuler.

— Je suis sûr que votre seule apparition remontera le moral de nos soldats.

— Ah ! je vous en prie, dit Nick, cette histoire m'embarrasse bien assez comme ça. En principe, j'aurais dû vous apporter une bouteille de brandy.

— En principe, dit Para et il sourit pour la

première fois, en découvrant ses dents jaunies. Quelle jolie expression ! Voulez-vous un verre de grappa ?

— Non, merci, dit Nick.

— Il n'y a pas d'éther dedans.

— J'en ai encore le goût dans la bouche, et le souvenir se fit soudain très précis pour Nick.

— Savez-vous que je ne me suis pas aperçu que vous étiez soûl jusqu'à ce que vous parliez de revenir en camion.

— J'étais fin soûl, dit Nick.

— Moi, je ne peux pas faire ça, dit Para. J'en ai pris une fois à mon premier engagement. Ma toute première affaire. Ça m'a rendu malade comme un chien et j'ai eu horriblement soif.

— Vous n'avez pas besoin de ça.

— Vous êtes beaucoup plus brave que moi pendant une attaque.

— Non, dit Nick. Je me connais, je préfère me soûler. Je n'en ai pas honte.

— Je ne vous ai jamais vu soûl.

— Non, fit Nick. Jamais. Même pas cette nuit en allant de Mestre à Portogrande, quand je voulais dormir et prendre la bicyclette comme couverture et la tirer sous mon menton ?

— Ce n'était pas dans les lignes.

— Ne parlons pas de moi, fit Nick. C'est un sujet que je connais trop pour vouloir encore y penser.

— Vous devriez rester ici un moment, dit Paravicini. Faites un petit somme, si vous en avez envie. Ça n'a pas été trop abîmé par les bombardements. Il fait encore trop chaud pour sortir.

— Je suppose que rien ne nous presse.

— Mais comment vous sentez-vous, en vérité ?

— Parfaitement bien, merci.

— Non. Je veux dire sérieusement.

— Je vais très bien. Je ne peux absolument pas dormir sans lumière. Mais c'est tout, maintenant.

— Il aurait fallu vous trépaner. Je ne suis pas docteur, mais j'en suis convaincu.

— Ils ont pensé qu'il valait mieux que ça se résorbe, et ça s'est passé comme ça. Mais qu'y a-t-il donc ? Je ne vous donne pas l'impression d'être fou, j'espère ?

— Vous avez l'air tout à fait en forme.

— C'est la fin de tout, une fois qu'on vous a classé parmi les détraqués, dit Nick. Plus personne n'a confiance en vous.

— À votre place, je ferais un petit somme, Nicolo, dit Paravicini. Bien sûr, ça ne ressemble pas à l'ancien Q. G. mais nous attendons l'ordre de mouvement. Il ne faut pas sortir avec cette chaleur, Nick, c'est stupide. Installez-vous sur cette paillasse.

— Je peux toujours m'étendre un moment, fit Nick.

Il était allongé sur la paillasse. Il était très déçu de se sentir dans cet état et encore plus d'avoir vu le capitaine Paravicini s'en rendre si bien compte. Cet abri-là n'avait pas les dimensions de celui où une section de la classe 1899 était devenue hystérique, à son arrivée au front, pendant le tir de barrage avant l'attaque, le jour où Para, la jugulaire de son casque entre les dents pour garder ses lèvres serrées, avait dû les sortir deux par deux pour leur montrer qu'il n'arriverait rien. Il savait bien qu'ils ne tiendraient pas le coup quand ils seraient dans le bain. Il savait que ce n'était qu'une vaste saloperie — s'il n'est pas foutu de s'arrêter de pleurer, casse-lui la figure pour lui changer les idées. J'en descendrais bien un, mais c'est trop tard maintenant. Les autres seraient encore pires. Casse-lui la gueule. Ils ont repoussé l'attaque à 5 heures 20. Nous n'avons plus que 4 minutes. Casse la figure à cet espèce de con et sors-le à coups de pied au cul. Vous croyez qu'ils marcheront ? S'ils flanchent, descends-en deux et tâche de faire sortir les autres comme tu peux. Surveillez-les, sergent. C'est inutile de partir en avant et de s'apercevoir que rien ne suit. Pousse-les au cul, avancez. Quelle saloperie. Ça va, ça va très bien. Puis, l'œil sur sa montre, de cette voix calme, de cette précieuse voix calme : « Savoia. » Affectant un parfait sang-froid, qu'on n'ait pas le temps de se rendre compte. Impossible de retrouver les siens après la débâcle ; une cité entière avait été enfoncée. C'est pour ça qu'ils avaient flanché. Pour avoir voulu grimper ce glacis de sang-froid, la seule fois où il ne s'était pas dopé. Et à leur retour, la cabane du téléphérique était en flammes, semblait-il, certains des blessés descendirent quatre jours plus tard, d'autres ne descendirent pas, mais nous remontions, et revenions, et redescendions — nous redescendions toujours. Et il y avait Gaby Deslys si étrange que cela paraisse, tout emplumée : vous m'avez appelé poupée chérie, il y a un an, tra la la, vous avez dit que j'étais charmant, tra la la, avec ou sans mes plumes ; la grande Gaby. Et je m'appelle aussi Harry Pilcer, et souvent nous descendions de taxi quand la côte montant à la butte devenait trop raide. Toutes les nuits, il voyait cette colline, quand il rêvait du Sacré-Cœur, blanc et soufflé, comme une bulle de savon. Quelquefois son amie était avec lui, quelquefois avec un autre, et il ne comprenait pas ça. Mais cela datait des nuits où le fleuve coulait bien plus large et plus lent qu'il n'aurait dû. Et près de Fossalta il y avait une maison basse peinte en jaune entourée de saules, et une étable. Il y avait aussi un canal. Il était passé là mille fois sans l'avoir jamais vue, mais elle était là, toutes les nuits, aussi évidente que la colline. Et il en avait peur. Cette maison lui tenait au cœur plus que toute autre chose et toutes les nuits, il la retrouvait : Il ne pouvait s'en passer mais il en avait peur, surtout quand le bateau flottait dans les saules, sur le canal, mais ses rives ne ressemblaient pas à celles du fleuve. Tout y était moins élevé comme à Portogrande, où ils les avaient vus arriver, oscillant dans les champs inondés. Ils brandissaient leurs fusils au-dessus de leurs têtes et finissaient par s'engloutir dans l'eau sans les lâcher. Qui avait donné l'ordre ? Si ça n'était pas si salement embrouillé, il arriverait à suivre son idée. Voilà pourquoi il se rappelait tant de détails. Il voulait garder le fil et savoir exactement où il en était, puis soudain tout se brouillait sans raison ; maintenant, par exemple, il était là couché sur une paillasse, au quartier général d'un bataillon et Para commandait le bataillon, et il portait cette saleté d'uniforme américain. Il s'assit et jeta un coup d'œil autour de lui. Tout le monde le regardait. Para était sorti. Il se recoucha.

L'aventure de Paris était bien plus ancienne. Il n'en avait pas peur, sauf quand elle était partie avec un autre. Cette crainte de les voir tomber deux fois sur le même chauffeur. C'était ce qu'il appréhendait le plus. Et non pas le front. Maintenant, il ne rêvait plus jamais du front, mais cette frayeur qui tournait à l'obsession, c'était cette longue maison jaune et l'écart changeant des rives du fleuve. Maintenant, il était revenu à ce fleuve, il avait traversé la même ville, et il n'y avait pas de maison. La rivière aussi était différente. Mais alors où était-il allé toutes les nuits ? Où était le danger ? Et pourquoi s'éveillait-il en nage, angoissé comme jamais il ne l'avait été pendant un bombardement pour une maison, une longue étable et un canal ?

Il s'assit et balança ses jambes avec précaution, elles s'engourdissaient chaque fois qu'elles restaient étendues. À son tour, il dévisagea l'adjudant, les deux agents des transmissions et les deux hommes de liaison auprès de la porte, et il mit son casque camouflé sur sa tête.

— Je regrette l'absence du chocolat, des cartes postales et des cigarettes, dit-il. Néanmoins, je porte l'uniforme.

— Le major revient tout de suite, dit l'adjudant. Dans cette armée, un adjudant n'est pas officier.

— Cet uniforme n'est pas tout à fait correct, leur expliqua Nick, mais il vous en donne une idée. Bientôt il y aura ici des millions d'Américains.

— Vous pensez qu'ils vont envoyer des Américains ici ? demanda l'adjudant.

— Absolument, des Américains deux fois grands comme moi, florissants, des cœurs à toute épreuve, des gars qui dorment la nuit, n'ont jamais été blessés, jamais touchés par un obus, qui n'ont jamais eu la tête démolie, qui n'ont jamais peur, ne boivent pas, fidèles aux fiancées restées au pays, qui n'ont, pour ainsi dire, jamais eu de morpions, des types fumants. Vous verrez ça.

— Vous êtes italien ? demanda l'adjudant.

— Non. Américain. Regardez l'uniforme. C'est Spagnolini qui l'a coupé, mais il n'est pas tout à fait correct.

— Américain du Sud ou du Nord ?

— Du Nord, fit Nick.

Il sentait que ça venait maintenant. Il serait bientôt calmé.

— Mais vous parlez italien ?

— Pourquoi pas ? Ça vous gêne si je parle italien ? Est-ce que je n'ai pas le droit de parler italien ?

— Vous avez des décorations italiennes ?

— Des rubans et des papiers, c'est tout. Les médailles viendront plus tard. Ou on les donne aux gens pour qu'ils les conservent et les gens s'en vont ; ou bien vous les perdez avec vos bagages, mais vous pouvez en acheter d'autres à Milan. Ce sont les papiers qui sont importants. N'en soyez pas jaloux. Vous en aurez aussi si vous restez au front assez longtemps.

— Je suis un vétéran de la campagne d'Érythrée, dit l'adjudant, d'un ton raide. J'ai combattu à Tripoli.

— C'est un honneur de vous avoir rencontré. Nick lui tendit la main. Vous avez dû avoir des rudes journées, j'ai vu vos décorations. Étiez-vous, par hasard, sur le *Carso* ?

— Je viens juste d'être rappelé. Ma classe était trop ancienne.

— Moi, il fut un temps où je n'avais pas l'âge, fit Nick. Mais maintenant je suis réformé.

— Mais pourquoi êtes-vous ici maintenant ?

— Je présente l'uniforme américain, dit Nick. Ne le trouvez-vous pas très représentatif ? Le col est un peu étroit, mais bientôt vous en verrez des millions qui le porteront, ils fourmilleront comme des criquets. La sauterelle voyez-vous, ce qu'on appelle la sauterelle en Amérique, est en réalité un criquet. La vraie sauterelle est petite, verte et relativement inoffensive. Il ne faut cependant pas la confondre avec le criquet de sept ans ou cicada qui émet un son particulier et soutenu, dont je n'arrive pas à me souvenir. J'essaie sans succès de me le rappeler. Je me crois sur le point de l'entendre et il disparaît complètement. Vous voudrez bien m'excuser si j'interromps notre conversation ?

— Va voir si tu peux trouver le major, dit l'adjudant à l'un des agents de liaison. Je vois que vous avez été blessé, dit-il à Nick.

— Oui, un peu partout, fit Nick. Si vous vous intéressez aux cicatrices, je peux vous en montrer de très intéressantes, mais je préférerais parler des sauterelles. C'est-à-dire ce que nous appelons sauterelles, et qui sont, en fait, des criquets. Ces insectes ont, une fois, joué un rôle très important dans ma vie. Peut-être cela vous intéressera-t-il ? Vous pourrez regarder mon uniforme pendant que je parle.

L'adjudant fit un signe au deuxième agent de liaison qui sortit.

— Regardez bien cet uniforme. Spagnolini l'a coupé, vous le savez. Vous pouvez regarder également, dit Nick aux agents des transmissions. En fait, je n'ai pas de grade. Nous dépendons du Consulat américain. Vous pouvez y jeter un coup d'œil sans le moindre inconvénient. Vous pouvez même le regarder de tout près si ça vous amuse. Je vais vous parler du criquet américain. Nous en avons baptisé un le brun moyen. Nous l'avons toujours préféré. C'est lui qui résiste le mieux à l'eau. Les poissons ont un faible pour lui. Les plus grands, qui volent avec un bruit assez semblable à celui que fait un serpent à sonnettes lorsqu'il agite ses sonnettes, ont des ailes aux couleurs éclatantes, les unes rouge vif, d'autres jaunes rayées de noir. Mais elles se réduisent en poussière dans l'eau. Ce sont des appâts minables. Tandis que le brun moyen est un criquet bien en chair, compact et succulent, que je ne saurais trop vous recommander à vous, Messieurs, qui n'en verrez probablement jamais. Mais je dois insister sur ce point : Vous ne ferez jamais une provision de ces insectes suffisante pour une journée de pêche, en les poursuivant à la main ou en essayant de les assommer avec un bâton : c'est un non-sens absolu et une perte de temps totale. Je vous le répète, Messieurs, vous n'arriverez à rien. La bonne technique qu'on devrait enseigner à tous les jeunes officiers dans les cours sur les armes légères, si j'avais mon mot à dire en la matière, et peut-être l'aurai-je un jour, qui sait... c'est l'emploi d'une seine ou filet fait d'un vulgaire tissu de moustiquaire. Deux officiers prennent la pièce de tissu aux extrémités opposées, ou disons, à chaque extrémité, se baissent, saisissent l'extrémité inférieure du filet d'une main, l'extrémité supérieure de l'autre et courent dans le vent. Les criquets entraînés par le vent s'écrasent contre le filet et sont pris dans ses plis. Ça n'a rien de sorcier d'en attraper une grande quantité, et, à mon avis, aucun officier ne devrait circuler sans un métrage de moustiquaire capable de se transformer instantanément en filet à criquets. J'espère m'être bien fait comprendre, Messieurs. Pas de questions ? Si quelque chose vous a échappé au cours de cet exposé, questionnez-moi, je vous en prie, parlez. Rien ? Dans ces conditions, j'aimerais conclure sur ces mots d'un grand soldat et d'un grand homme, Sir Henry Wilson : « Messieurs, ou vous devez gouverner ou vous devez être gouvernés. Permettez-moi de le répéter, Messieurs, il y a une chose dont j'aimerais que vous vous souveniez. Une chose que j'aimerais voir gravée en vous quand vous quitterez cette pièce : Messieurs, ou vous devez gouverner ou vous devez être gouvernés. C'est tout, Messieurs, bonjour. »

Il enleva son casque camouflé, le remit, puis courbant le dos, il sortit de l'abri. Para, accompagné par les deux agents de liaison, arrivait par le chemin creux. Le soleil était brûlant. Nick enleva son casque.

— Il devrait y avoir un système pour mouiller ces trucs-là, fit-il. Je vais tremper celui-là dans la rivière.

Il se mit à grimper le talus.

— Nicolo, appela Paravicini, Nicolo, où allez-vous ?

— En fait, je n'ai pas besoin d'y aller. Nicolo redescendit, le casque dans les mains. C'est un foutu poison sec ou mouillé. Vous portez le vôtre tout le temps ?

— Tout le temps, dit Para. Je serai bientôt chauve. Allons, rentrez.

Une fois à l'intérieur, Para lui dit de s'asseoir.

— Vous savez, ça ne vaut absolument rien ces sacrés machins, dit Nick. Je me rappelle le temps où c'était un soulagement de les avoir les premiers jours, mais je les ai vus trop souvent remplis de cervelle.

— Nicolo, dit Para. Je crois que vous feriez mieux de rentrer. Je pense qu'il vaudrait mieux pour vous ne pas remonter en ligne jusqu'à ce que vous ayez touché ces approvisionnements. Il n'y a rien à faire pour vous ici. Si vous vous promenez avec quelques produits qui valent une distribution générale, il y aura des rassemblements d'hommes, donc des risques de bombardements. Je ne veux pas de ça.

— Je sais que c'est stupide, dit Nick. Mais ça ne vient pas de moi... j'ai appris que la brigade était là. Alors, j'ai pensé à venir vous voir. Vous ou un autre de mes camarades. J'aurais pu aller à Zenzon ou à San Dona. J'aimerais aller à San Dona pour revoir le pont.

— Je ne veux vous voir circuler par ici sous aucun prétexte, dit le capitaine Paravicini.

— Très bien, fit Nick.

Il sentait que ça revenait.

— Vous me comprenez ?

— Naturellement, fit Nick.

Il essayait de se contenir.

— Toute démarche de ce genre devrait se faire la nuit.

— Bien entendu, fit Nick.

Il savait maintenant qu'il ne pourrait pas se contenir.

— Je commande le bataillon, voyez-vous, dit Para.

— Et pourquoi pas ? demanda Nick. — Ça y était presque... Ça venait. — Vous savez lire et écrire, n'est-ce pas ?

— Oui, dit Para doucement.

— L'ennui c'est que vous avez un bataillon bigrement petit à commander. Dès qu'il sera renforcé, on vous rendra votre compagnie. Pourquoi n'enterrent-ils pas les morts ? Je les ai vus maintenant. Ça ne m'intéresse plus de les revoir. Ils peuvent les enterrer quand ils veulent, en ce qui me concerne, et ça vaudrait beaucoup mieux pour vous. Ça va tous vous rendre salement malades.

— Où avez-vous laissé votre bicyclette ?

— À l'intérieur de la dernière maison.

— Croyez-vous que ça va aller ?

— Ne vous en faites pas, dit Nick. Je partirai dans un petit moment.

— Étendez-vous un peu, Nicolo.

— Oui.

Il ferma les yeux et au lieu de voir l'homme barbu qui le regardait au-dessus du guidon du fusil, très calme avant de presser la détente, au lieu de l'éclair blanc et du coup de fouet, de la chute à genoux, du flot de sang doux et chaud dans la gorge, craché sur la pierre, tandis qu'ils défilaient devant lui, il vit une longue maison jaune avec une étable basse et la rivière beaucoup plus large qu'elle n'était et plus tranquille.

— Nom de Dieu ! fit-il. Je ferais aussi bien de partir.

Il se leva.

— Je m'en vais, Para, je rentrerai dans l'après-midi. S'il est arrivé des approvisionnements, je les apporterai ce soir. Sinon, je viendrai la nuit quand j'aurai quelque chose à apporter.

— Il fait encore très chaud pour rouler, dit le capitaine Paravicini.

— Ne vous en faites pas, dit Nick. Ça ira pendant un bon moment maintenant. J'en ai eu une tout à l'heure, mais ce n'était pas terrible. Ça s'est bien passé. Je sais quand ça va m'arriver parce que je me mets à parler terriblement.

— Je vais envoyer un agent de liaison avec vous.

— Non, je vous en prie, je connais mon chemin.

— Vous reviendrez bientôt ?

— Certainement.

— Laissez-moi envoyer...

— Non, dit Nick. Comme marque de confiance.

— Très bien. Ciaou alors.

— Ciaou, dit Nick.

Il repartit par le chemin creux à la recherche de sa bicyclette. Dans l'après-midi, la route serait à l'ombre, au-delà du canal. Elle était bordée d'arbres qui n'avaient pas été touchés par les bombardements. C'était là qu'une fois, au cours d'une marche, ils avaient dépassé le régiment de cavalerie Terza Savoia chevauchant dans la neige avec les lances. L'haleine des chevaux faisait des panaches dans l'air froid. Non, c'était ailleurs. Où était-ce donc ?

« Je ferais mieux d'arriver à cette sacrée bicyclette, se dit Nick. Je n'ai pas envie de me perdre en rentrant à Fornaci. »

J. TANIZAKI *Le meurtre d'O-Tsuya*

Avec un talent incomparable, Tanizaki met en scène une dramatique histoire d'amour dans le Japon du XIXe siècle.

L. TOLSTOÏ *Le réveillon du jeune tsar* et autres contes

Des contes d'une vérité poignante, témoins d'une époque en train de disparaître, par l'auteur d'*Anna Karénine*.

O. WILDE *La Ballade de la geôle de Reading*, précédé de *Poèmes*

Inspiré par deux années passées dans les prisons londoniennes pour « actes indécents », Oscar Wilde raconte dans ces vers bouleversants comme un long cauchemar, la douleur, l'angoisse et la culpabilité.

Dans la même collection

R. AKUTAGAWA *Rashômon* et autres contes (Folio n° 3931)

M. AMIS *L'état de l'Angleterre*, précédé de *Nouvelle carrière* (Folio n° 3865)

ANONYME *Le poisson de jade et l'épingle au phénix* (Folio n° 3961)

ANONYME *Saga de Gísli Súrsson* (Folio n° 4098)

G. APOLLINAIRE *Les Exploits d'un jeune don Juan* (Folio n° 3757)

ARAGON *Le collaborateur* et autres nouvelles (Folio n° 3618)

I. ASIMOV *Mortelle est la nuit*, précédé de *Chante-cloche* (Folio n° 4039)

H. DE BALZAC *L'Auberge rouge* (Folio n° 4106)

T. BENACQUISTA *La boîte noire* et autres nouvelles (Folio n° 3619)

K. BLIXEN *L'éternelle histoire* (Folio n° 3692)

M. BOULGAKOV *Endiablade* (Folio n° 3962)

R. BRADBURY *Meurtres en douceur* et autres nouvelles (Folio n° 4143)

L. BROWN *92 jours* (Folio n° 3866)

S. BRUSSOLO *Trajets et itinéraires de l'oubli* (Folio n° 3786)

J. M. CAIN — *Faux en écritures* (Folio n° 3787)

A. CAMUS — *Jonas ou l'artiste au travail*, suivi de *La pierre qui pousse* (Folio n° 3788)

T. CAPOTE — *Cercueils sur mesure* (Folio n° 3621)

T. CAPOTE — *Monsieur Maléfique* et autres nouvelles (Folio n° 4099)

A. CARPENTIER — *Les Élus* et autres nouvelles (Folio n° 3963)

CASTANEDA — *Stopper-le-monde* (Folio n° 4144)

R. CHANDLER — *Un mordu* (Folio n° 3926)

E. M. CIORAN — *Ébauche de vertige* (Folio n° 4100)

COLLECTIF — *Au bonheur de lire* (Folio n° 4040)

COLLECTIF — *Des mots à la bouche* (Folio n° 3927)

COLLECTIF — *Il pleut des étoiles* (Folio n° 3864)

COLLECTIF — *« Leurs yeux se rencontrèrent... »* (Folio n° 3785)

COLLECTIF — *« Ma chère Maman... »* (Folio n° 3701)

COLLECTIF — *« Parce que c'était lui ; parce que c'était moi »* (Folio n° 4097)

COLLECTIF — *Un ange passe* (Folio n° 3964)

CONFUCIUS — *Les Entretiens* (Folio n° 4145)

J. CONRAD — *Jeunesse* (Folio n° 3743)

J. CORTÀZAR — *L'homme à l'affût* (Folio n° 3693)

D. DAENINCKX — *Leurre de vérité* et autres nouvelles (Folio n° 3632)

D. DAENINCKX — *Ceinture rouge*, précédé de *Corvée de bois* (Folio n° 4146)

R. DAHL — *L'invité* (Folio n° 3694)

R. DAHL — *Gelée royale*, précédé de *William et Mary* (Folio n° 4041)

S. DALI — *Les moustaches radar* (1955-1960) (Folio n° 4101)

M. DÉON — *Une affiche bleue et blanche* et autres nouvelles (Folio n° 3754)

D. DIDEROT — *Lettre sur les aveugles à l'usage de ceux qui voient* (Folio n° 4042)

R DUBILLARD — *Confession d'un fumeur de tabac français* (Folio n° 3965)

S. ENDÔ — *Le dernier souper* et autres nouvelles (Folio n° 3867)

W. FAULKNER — *Une rose pour Emily* et autres nouvelles (Folio n° 3758)

W. FAULKNER — *Le Caïd* et autres nouvelles (Folio n° 4147)

F. S. FITZGERALD — *La Sorcière rousse*, précédé de *La coupe de cristal taillé* (Folio n° 3622)

C. FUENTES — *Apollon et les putains* (Folio n° 3928)

GANDHI — *La voie de la non-violence* (Folio n° 4148)

R. GARY — *Une page d'histoire* et autres nouvelles (Folio n° 3753)

J. GIONO — *Arcadie... Arcadie*, précédé de *La pierre* (Folio n° 3623)

W. GOMBROWICZ — *Le festin chez la comtesse Fritouille* et autres nouvelles (Folio n° 3789)

H. GUIBERT — *La chair fraîche* et autres textes (Folio n° 3755)

E. HEMINGWAY — *L'étrange contrée* (Folio n° 3790)

C. HIMES — *Le fantôme de Rufus Jones* et autres nouvelles (Folio n° 4102)

E. T. A. HOFFMANN — *Le Vase d'or* (Folio n° 3791)

H. JAMES — *Daisy Miller* (Folio n° 3624)

T. JONQUET — *La folle aventure des Bleus...*, suivi de *DRH* (Folio n° 3966)

F. KAFKA — *Lettre au père* (Folio n° 3625)

J. KEROUAC — *Le vagabond américain en voie de disparition*, précédé de *Grand voyage en Europe* (Folio n° 3694)

J. KESSEL — *Makhno et sa juive* (Folio n° 3626)

R. KIPLING — *La marque de la Bête* et autres nouvelles (Folio n° 3753)

LAO SHE — *Histoire de ma vie* (Folio n° 3627)

LAO-TSEU — *Tao-tö king* (Folio n° 3696)

J. M. G. LE CLÉZIO	*Peuple du ciel*, suivi de *Les bergers* (Folio n° 3792)
P. MAGNAN	*L'arbre* (Folio n° 3697)
I. McEWAN	*Psychopolis* et autres nouvelles (Folio n° 3628)
G. DE MAUPASSANT	*Le Verrou* et autres contes grivois (Folio n° 4149)
H. MILLER	*Plongée dans la vie nocturne...*, précédé de *La boutique du Tailleur* (Folio n° 3929)
S. MINOT	*Une vie passionnante* et autres nouvelles (Folio n° 3967)
Y. MISHIMA	*Dojoji* et autres nouvelles (Folio n° 3629)
Y. MISHIMA	*Martyre,* précédé de Ken (Folio n° 4043)
M. DE MONTAIGNE	*De la vanité* (Folio n° 3793)
E. MORANTE	*Donna Amalia* et autres nouvelles (Folio n° 4044)
V. NABOKOV	*Un coup d'aile*, suivi de *La Vénitienne* (Folio n° 3930)
P. NERUDA	*La solitude lumineuse* (Folio n° 4103)
K. OÉ	*Gibier d'élevage* (Folio n° 3752)
L. OULITSKAÏA	*La maison de Lialia* et autres nouvelles (Folio n° 4045)
C. PAVESE	*Terre d'exil* et autres nouvelles (Folio n° 3868)
L. PIRANDELLO	*La Première nuit* et autres nouvelles (Folio n° 3794)
E. A. POE	*Aventure sans pareille d'un certain Hans Pfaall* (Folio n° 3862)
R. RENDELL	*L'Arbousier* (Folio n° 3620)
R. ROTH	*L'habit ne fait pas le moine*, précédé de *Défenseur de la foi* (Folio n° 3630)
D. A. F. DE SADE	*Ernestine. Nouvelle suédoise* (Folio n° 3698)

D. A. F. DE SADE	*La Philosophie dans le boudoir* (Les quatre premiers dialogues) (Folio n° 4150)
A. DE SAINT-EXUPÉRY	*Lettre à un otage* (Folio n° 4103)
J.-P. SARTRE	*L'enfance d'un chef* (Folio n° 3932)
B. SCHLINK	*La circoncision* (Folio n° 3869)
L. SCIASCIA	*Mort de l'Inquisiteur* (Folio n° 3631)
SÉNÈQUE	*De la constance du sage*, suivi de *De la tranquillité de l'âme* (Folio n° 3933)
G. SIMENON	*L'énigme de la* Marie-Galante (Folio n° 3863)
D. SIMMONS	*Les Fosses d'Iverson* (Folio n° 3968)
I. B. SINGER	*La destruction de Kreshev* (Folio n° 3871)
P. SOLLERS	*Liberté du XVIIIème* (Folio n° 3756)
R. L. STEVENSON	*Le Club du suicide* (Folio n° 3934)
I. SVEVO	*L'assassinat de la Via Belpoggio* et autres nouvelles (Folio n° 4151)
R. TAGORE	*La petite mariée*, suivi de *Nuage et soleil* (Folio n° 4046)
J. TANIZAKI	*Le coupeur de roseaux* (Folio n° 3969)
A. TCHEKHOV	*Une banale histoire* (Folio n° 4105)
I. TOURGUÉNIEV	*Clara Militch* (Folio n° 4047)
M. TOURNIER	*Lieux dits* (Folio n° 3699)
M. VARGAS LLOSA	*Les chiots* (Folio n° 3760)
P. VERLAINE	*Chansons pour elle et autres poèmes érotiques* (Folio n° 3700)
VOLTAIRE	*Traité sur la Tolérance* (Folio n° 3870)
H. G. WELLS	*Un rêve d'Armageddon*, précédé de *La porte dans le mur* (Folio n° 4048)
E. WHARTON	*Les lettres* (Folio n° 3935)
R. WRIGHT	*L'homme qui vivait sous terre* (Folio n° 3970)

Composition Nord Compo
Impression Novoprint
à Barcelone, le 20 avril 2005
Dépôt légal : avril 2005

ISBN 2-07-030817-0./Imprimé en Espagne.

135765